METZ ET STRASBOURG

DÉLIVRÉES

à

VICTOR HUGO

POÈME

PAR

Raoul BONNERY

MEMBRE DE L'ASSOCIATION POÉTIQUE DE FRANCE

MENTION HONORABLE

au 2ᵐᵉ Concours poétique de France

Prix : **50** c.

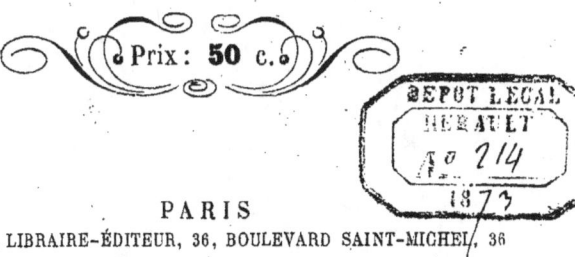
PARIS

MANGINOT, LIBRAIRE-ÉDITEUR, 36, BOULEVARD SAINT-MICHEL, 36

1873

METZ ET STRASBOURG DÉLIVRÉES

METZ ET STRASBOURG DÉLIVRÉES

A VICTOR HUGO

POÈME

Par Raoul BONNERY

Membre de l'Association poétique de France

Qui suis-je pour chanter? — Hugo, ton faible élève.
Pourtant, j'aime la France! ah! écoute mon rêve.

I

Sur la terre, nul bruit, silence du cercueil;
Une lune blafarde ajoutait à ce deuil.
Devant moi s'étendait une plaine infinie;
Là, des milliers de morts — dont l'horrible agonie,
Le courage stoïque encore se lisaient
Sur leurs membres roidis — pêle-mêle gisaient
Dans des débris d'affuts, fusils, sabres et bombes.
Au milieu de ces morts, affreuses hécatombes,

Un sinistre poteau m'apparaissait en croix ;

On y voyait du sang qu'avaient laissé des doigts ;

L'un des bras portait : Prusse, et l'autre portait : France.

De ce côté — Grand Dieu ! la poignante souffrance

Qui, sur mon jeune front, fit perler la sueur —

Une femme est à terre. Une vague lueur

Lutte dans son regard qui lentement se voile

Sous l'ombre de la mort, ainsi que fait l'étoile

Sous le nuage épais ; ses longs cheveux épars

Voltigent au milieu de lambeaux d'étendards ;

Son fier visage garde un reflet de sourire ;

Près d'elle, un diadème hier qui devait luire

Sur son front, aujourd'hui trempe ses diamants

Dans des restes humains encore tout fumants ;

Sa main droite meurtrie et de douleur crispée

Cherche, en vain, à brandir le tronçon d'une épée ;

Sa tunique entr'ouverte, en flottant met au jour

Des membres tout sanglants.

                    Passe un hideux vautour.

Il a vu cette femme ; il tressaille de joie.

Cette femme est la France !... Eh ! non, c'est une proie !

Des serres et du bec il lui cherche le cœur ;

Fouille, creuse, s'acharne ; interrompt son labeur ;

Jette un cri de défi ; se remet à l'ouvrage ;

Déchire, boit, dévore ; et, fier de son carnage,

Et, d'un regard de maître, invite à son festin

Tous les petits vautours que le sombre destin
Pousse en ce lieu d'horreur. — Tous, avec frénésie,
Burent ton sang si pur — ô France à l'agonie —
Puis, gorgés, enivrés, d'un vol lourd, lentement
Gagnèrent le ciel gris du soudard Allemand.

II

Minuit s'efforce en vain de dérouler ses voiles ;
Le ciel perce leur ombre, il est brodé d'étoiles.
Sur le champ mortuaire où retombent mes yeux
Qu'aperçois-je ? O spectacle imposant, douloureux !
Tous nos anciens héros, en pleurs, visage pâle,
Sont là, rangés autour de la France qui râle.
Qu'il était triste et beau de vous voir, fiers guerriers,
Dont l'Allemagne encor frémit sous ses lauriers,
Pleurer, front découvrt sous la tremblante nue,
Autour d'un corps sanglant de femme demi-nue.
Ah ! c'est que cette femme, au fond de vos tombeaux,
Avait jeté le cri de l'impuissant héros
Qui tombe, armes en main ; que votre vieille épée
Avait bondi de rage ; et que la main crispée,
Sur le fer flamboyant, vous étiez accourus.

L'agonisante aussi vous avait reconnus.

Vos fronts mornes disaient : Quoi ! c'est toi, chère France !
Que nous fîmes si forte ? Ah ! dans quelle souffrance
Nous te trouvons plongée !... — Elle, avec un effort,
Fixait sur vous, des yeux que les doigts de la mort
Déjà voulaient fermer ; et, d'une voix tremblante,
Elle vous murmurait : L'épée étincelante
Que vous m'aviez forgée, hélas ! en trois tronçons,
Elle gît près de moi !...

     De douloureux frissons
Secouèrent son corps ; ses traits se contractèrent.
Les héros, tout émus, vivement s'approchèrent
Autour des médecins livides et défaits
Penchés sur la mourante.

     Hélas ! de vos efforts
Science, médecins, le mal semble se rire ;
Vains sont tous vos efforts ; l'agonisante empire.

Rival de Charles-Quint, rugis ; toi, dans tes doigts,
Bayard, tords ton épée, à la poignée en croix.
Mais que vois-je ? Soudain, Ambroise Paré lève
Un front joyeux.

    Eh quoi ! la tête qu'il soulève
Dans ses bras chancelants, tu permets, ô Seigneur !
Qu'elle retombe inerte ?

     Ah ! puisque ta sueur

Est vaine, que ta main ne peut rien de ses armes ;

Docteur, je te conçois de répandre des larmes.

Louis-Quatorze blème, et ses fiers lieutenants ,

Promenaient, autour d'eux, des regards fulminants ;

On eût dit qu'ils cherchaient sur qui jeter leur rage.

D'Assas, dans ses deux mains, cachait son fier visage.

Hoche éperdu tombait dans les bras de Marceau.

Lannes, Soult, Ney, Duroc remettaient au fourreau

Leurs sabres, en roulant des yeux pleins de colère ;

Quand, dans leur geste brusque, une voix grave, austère

Les arrête ; Cambronne, Hercule des combats,

Criait : La Garde meurt ! La France ne meurt pas ! ! !

Appuyé sur Bertrand, d'un salut doux et grave

Le vainqueur d'Iéna remerciait le brave

Qui fit, à Waterloo, trembler, d'un mot, Blücher.

Mais, ô maître du monde, ô colosse de fer !

Sitôt t'échappe un cri, lugubre comme un râle :

La France était à terre inerte — froide — pâle ;

La France se mourait !...

                       Mais, que vis-je grand Dieu !

Un inconnu, front haut, le regard tout en feu,

A travers les guerriers se livrant un passage ;

D'un geste solennel, où se montrait la rage,

Ecartant les docteurs, se jetait sur le corps,

Que les princes de l'art, vaincus dans leurs efforts,

Contemplaient à leurs pieds. Il fouillait dans les blessures,

Dont la gangrène encor ravivait les morsures,
Une huile parfumée. Et, soudain, un grand cri,
Que rendent les échos, part du cercle ébloui
Des héros, des docteurs. — Souriante, la France
Est devant eux debout. Son bras plein de vaillance
Agite le tronçon de son glaive brisé ;
Sur son beau front, à peine encor cicatrisé,
Brille, d'un sombre éclat, le sanglant diadême
Qui baignait dans un sang dont encore elle-même
Est toute maculée.

    Enflammant ses grands yeux,
Elle fait en avant trois pas comme les Dieux.

Le cercle des guerriers s'ouvre sur son passage.

L'éclair de la vengeance empreint sur le visage,
Et son glaive pointé sur Metz et sur Strasbourg,
La chevelure éparse, elle marche, elle court ;
Et couvrant le pays d'un œil plein d'assurance,
Elle s'écrie : A moi, vous tous mes fils ! Vengeance !...

III

Plus d'étoiles. — Nuit sombre, ainsi que Jupiter
La choisit quand il veut y répandre l'éclair.
Une invisible main, sur un char de nuages,
Me faisait parcourir le séjour des orages,
Où seul le roulement de mon char s'entendait.
Le sol des fiers Gaulois à mes pieds s'étendait.
De sinistres lueurs que jetait une épée,
Qu'une femme tenait dans une main crispée,
Sur Metz et sur Strasbourg marchaient fébrilement.
Dans cette belle femme — à son blanc vêtement
De sang encore rouge, à son air de vaillance,
A ses cheveux flottants, je reconnus la France.

Le pays tout entier flamboyait dans la nuit
Aux reflets éclatants de glaives, qui, sans bruit,
S'agitaient dans les airs.
                 D'abord, j'entre en extase ;
Mais, mon regard bientôt trahit une autre phase :
L'orgueil national qui fait l'homme, géant.

Tous nos anciens guerriers — dont le peuple allemand
Frissonnera toujours en ouvrant son histoire —
Et dont une statue éternise la gloire,

Sur leurs socles de pierre étaient debout, vivants,
Le front empreint d'audace, et les yeux foudroyants ;
Sur Metz et sur Strasbourg pointant, comme la France,
Leurs sabres seintillants, et d'une voix immense
Criant : Soldats français ! en avant ! suivez-là !
Et de tous les chemins, comme du mont Hécla
Surgissent fer et feu, surgissaient des armées
— Des canons — des chevaux ; et d'épaisses fumées
S'élevaient dans les airs — produit des tourbillons
Que dressaient, sous leurs pas, les nombreux bataillons
Courant, d'un pied agile, à l'appel de la France —
Dont un géant sonnait l'heure de la vengeance,
Debout, sur un haut mont, comme autrefois Roland
Appelant ses soldats sourds à son olifant.
Et les fils des Gaulois—éclairés, dans leur marche,
Par les sabres en feu qui formaient comme une arche
De flammes sur leurs fronts ; entraînés par le cor,
Dont la puissante voix les électrise encor —
S'avançaient menaçants ; et rejoignaient la France
Debout sur la frontière, et l'œil plein d'espérance,
Regardant, le front haut, Metz, Strasbourg et le Rhin.
Qu'elle était belle ainsi ! mais, qu'elle fut soudain
Plus imposante encore. — Au-dessus de sa tête,
Qui, superbe, attendait l'instant de la tempête,
Tous les fers flamboyants, qu'agitaient les guerriers

Sur leurs pieds de granit, en forme de lauriers
S'allongeaient et venaient former une couronne.

Et le géant, du cor, sur le mont toujours sonne.

IV.

Au loin, perçant la nuit, une ville — Berlin.
Sous mes yeux des flambeaux — des coupes — un festin
Dont le faste eût surpris même Sardanapale.
Des femmes au front jeune — au visage d'opale
Chantent à l'Empereur, ta prise — pauvre Metz !

Au banquet, ou Denys t'invita, Damoclès,
Tu semblais moins joyeux, un glaive sur ta tête ;
Mais, ne sois point jaloux : voici que, sur la fête,
La terreur brusquement jette son manteau noir.

Festin de Balthasar, où seul le désespoir
A la fin dilatait le regard des convives,
Te voilà reproduit dans des images vives :
Empereur — princes — ducs — généraux tous tremblants,
Les cheveux hérissés, debout et chancelants,
Ecoutent un bruit sourd du côté de la France.
Grand Dieu ! mais on dirait une mer qui s'avance !

S'écria l'Empereur.

Sire — il faut dire plus,
Répond un général aux regards éperdus,
Il faut dire: la France!

Et, sitôt, sur la ville
Le tocsin répandit sa voix grave et fébrile.

Et, frémissants, hagards, les habitants couraient,
Regardaient sur le Rhin, et de rage pleuraient.

V.

C'était l'heure, où la nuit lentement se dérobe,
Quand, l'aube, sur la terre, étend sa blanche robe.
Je me trouvais hissé sur le socle, où Nancy
Contemple, avec orgueil, Drouot — le sage — ainsi
Que tu l'as surnommé, géant de Sainte-Hélène:
Derrière le héros, retenant mon haleine,
J'écoutais plein de trouble......

A droite, au loin, Strasbourg;
A gauche, plus près, Metz du bruit lugubre et sourd
D'une lutte acharnée ébranlaient et la France,
Et l'Europe, et le monde.

O soldat de vaillance!
Drouot — il me sembla que ton sabre, en ta main,

S'agitait ; que ton œil s'illuminait soudain ;.
Et que tu rugissais de ne pouvoir descendre
De ton socle et courir, où tu venais d'entendre,
Au milieu du canon, le fracas de l'assaut.
Ah ! sur ton piédestal reste cloué, Drouot ;
Ton courage est connu ; laisse, après la victoire ,
Courir nos généraux ; et, comme toi, de gloire
Chercher à se couvrir.

           Un cri subit, des airs
Fit frémir les échos, ainsi que des déserts,
Le lion rugissant fait frémir le silence.
Ce cri désespéré m'enivra d'espérance :
J'avais reconnu là, la voix des Allemands.
Et, comme le coursier qui, les naseaux fumants ,
A l'appel du clairon, s'élance haut la tête ;
A ce cri, que n'eût point étouffé la tempête,
Sur Metz et sur Strasbourg, je lançais des regards
D'où jaillissait l'éclair.

           Du haut de leurs remparts,
Messins et Strasbourgeois, chantant la délivrance,
Tendaient aux assiégeants, à leurs frères de France,
Des échelles de corde ; et nos vaillants soldats,
Méprisant le danger — méprisant le trépas,
Montaient le rire en barbe ; et le long des murailles,
Accrochés et crispés ainsi que des tenailles,
Semblaient, dans le lointain, d'innombrables serpents ;

Puis, des vents, tout-à-coup le jouet, ces grimpants
Et rampants corps humains ondulaient dans l'espace ;
Puis, ramenés aux murs, par un vent qui repasse,
Montaient—grimpaient—couraient—atteignaient les remparts.
Ah ! voilà Prussiens, présomptueux soudards,
Le sujet de vos cris : l'intrépide escalade
De murs que vous croyiez, même une barricade,
Aux Titans qui voulaient escalader le ciel.
C'est qu'un peuple de cœur qu'on abreuve de fiel,
Du joug de ses bourreaux tôt ou tard s'émancipe,
Brisant tout devant lui. — Prusse, faut-il Œdipe
Pour te faire saisir la simple vérité ?

Nos soldats, aux remparts, avec l'agilité
Que donne la valeur unie à la colère,
Montaient, montaient toujours ; et, comme la panthère
Qui bondit, l'œil sanglant, reprendre ses petits
Aux mains du ravisseur, bondissaient fiers, hardis,
Magnifiques d'élan te reconquérir, France !
Deux filles, au front pur, qui blèmes de souffrance,
Et belles de fierté, gisaient dans les cachots
De l'implacable Prusse. Et, soudain, les échos
Portèrent jusqu'au fond de l'Europe attentive
L'effroyable rumeur d'une lutte plus vive,
Plus délirante encore. A la voix des clairons
— Des tambours — des soldats — des chefs et des canons

Se mêlaient des sanglots — des blasphêmes — des râles.

A travers la fumée, échevelés, fous, pâles,

Des hommes s'élançaient ; puis, roulaient dans leur sang ;

L'un murmurant : ma mère ! et l'autre rugissant.

Et tant de sang coulait, en ce combat terrible,

Que je crus voir Drouot, sur son front impassible,

Promener lentement l'éclair de la douleur.

Tout-à-coup, un fracas grandiose d'horreur.

Puis, silence de mort.

     Et Kléber sur la flèche

De Strasbourg, et Fabert debout sur une brèche

De Metz, l'œil radieux et le visage beau

Agitaient dans les airs, ô France ! ton drapeau.

————

Hugo, de sa faiblesse, oui, gronde ton élève ;

Mais, ô Maître, dis-lui, que tu crois en son rêve !

St-Rémy-du-Plain (Sarthe)

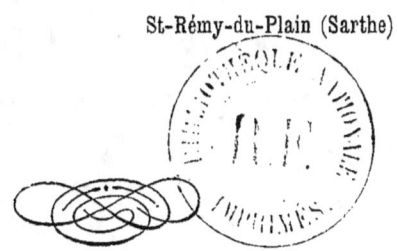

Montpellier, imprimerie L. CSISTIN et Cᵉ, rue Vieille-Intendance, 5

On trouve à la Librairie MANGINOT:

LES

FEMMES DE FRANCE

Pendant les deux siéges de Paris

PAR

Paul et Henri DE TRAILLES

(avec 30 dessins, prix **3** fr.)

PATRIE

ESSAI DE POLITIQUE LÉGALE

PAR

Arthur HUBBARD, Avocat

(Prix : **1** fr.)

CHATEAUDUN

ÉPISODES DE LA GUERRE DE 1870

PAR

BERNOT

Officier de l'Instruction publique

www.ingramcontent.com/pod-product-compliance
Lightning Source LLC
Chambersburg PA
CBHW061432170626
46811CB00005B/2231